アーモンドの花

# 綾羅錦繡

### 田井千尋詩集

## 丹生都比売の里
綿雲が踊る青空の下で
さざめく川のように
黄金色の稲穂が刈られた田圃から
累々と山へ続く曼珠沙華は天上の花


## なずむ季節
渡り鳥が行き交う水色の空の下で
視力も聴力もないのに
鳴いてるツクツク法師を探す
うさぎ犬の終わりつつ命‥


## うつろひ...
水色の空に茜さす雲の下で
桜の大木から
老いたツクツク法師嗄れ鳴けば
黄葉舞い散るハラハラ
消えゆく夏の残滓


## 貴婦人の夢
金木犀の香り満たされた部屋で
秋の女神が
眠り深きうさぎ犬の鼻をこそばゆう
目覚めて宙を彷徨う姿が愛し‥

## 神々の饗餐(きょうさん)
近代的な病院の窓の下(した)で
柿がたわわになってる
セピア色の風景が
晩秋の光で浮かび上がり
荒(すさ)む心が感動に震える


## 初 盆
19年いう歳月(さいげつ)に千金の重み
気づかされたアルバムの中で
屈託なく笑ううさぎ犬と
あたいもいつしか色褪せてく


日々色褪せていく君は美し
枯れ果てていく身から
慈愛に満ちた眼差(まなざ)しは神々(こうごう)しい
歳月(さいげつ)は心の輝きまで奪えず


美しい自然の中にも営みが存在してると
身をもって教えてくれた日常を
詩にしたためた綾羅錦綉を
あたいの腕の中で生き絶えた
Tプードルの『うさぎ犬』こと
享年19歳の愛しきヴォーンに捧ぐ

## 雪のお正月
元旦の早朝は夜の銀世界
初日が足跡ついた雪を
少し溶かし氷と化した
丘の坂道が嬉しくて
ザクザク走り抜けた


## 私の切ない愛を受けとめて
花屋の片隅に
クリスマスの名残りが‥
ピンクのフリンジ咲シクラメン半額！
色褪せていく君は
哀しくも美しい


## おもいでばこ ❦ 鬼はそと♪
玄関扉に
焼鰯の頭を刺した柊を飾り
撒いた豆がうさぎ犬に
食べられないように競って
滑走した雪深い節分の夜


## 孤 独
生きとし生ける者から
見えざるオーラを文字に表現し
諷み上げる詩人の傷ついた魂に
響かせてくれる情ある人よ

## おもいでばこ 🎀 光の春
サンルームで
うさぎ犬を我の膝上にのせて
微睡んでるとメジロ夫婦も
硝子越の赤芽の中で
陽太ぼっこ＆うたた寝


## 君を忘れない
窓を開けると
朝の爽やかな空気と共に
裏庭で咲いてる春紫苑の
菊を甘くしたような
優しい香りが部屋を清めてる


## 復 活
枯れかけたアーモンドの木が
息絶えた燕の赤児を養分に
空飛ぶ燕を呼ぶかのように
元気よく笑顔みせてくれた


## 希 望
アーモンドの根元で
永遠に眠る燕の赤児が
呼ぶかのように
濃桜色の花が咲き始めると
燕が長い旅から帰ってきた

## 桜の中で
空高く花枝たわわ
陽光にぼやけない染井吉野の
花姿は滅びゆく美の極致
いつしか記憶に残り続ける
花言葉は純潔

## 黄藤の旅人
緑豊かな森の樹木に絡み
光る風で揺れる紫の花藤を
スマホに目を落とす乗客は
春風駘蕩に気づかず
列車は通過す

## 侘び茶
例年にない冷涼な気候が
幸いして摘んでみた新芽で
初めて茶葉を作ったら
玉露の美味なこと
歓喜のひと時だった

## おもいでばこ ❈ サンルーム
剥げた床が磨かれ
艶やかな飴色となり
一条の光に振り返ると
うさぎ犬が目を細めながら
伸びをした姿‥儚き幻影

### 千尋の刻
集落の脇道横の崖下から
十メートル越す緑葉の樹木に絡みつき
初夏の風にそよいでる山藤の姿は
藤紫色の大瀑布の如し


### 石段の上で‥
春に野生へ帰ったヒヨドリが
巣立ったばかりで
飛翔のド下手な子を
連れてやってきた
親鳥の心配は尽きない‥


### 命の重み
電線上で桃の木を見下ろす
鵯 夫婦の視線を辿り
桃葉の揺れに目を凝らすと
葉陰で巣立ち雛が
枝から枝へスキップ


### 控えめな美
花壇の片隅に置き忘れてた
姫黄梅が小さな鉢の
底穴から土の下へ根を伸ばし
可憐で黄色い小花
たわわ咲かせてる

## 提灯花♪見ぃつけた♪
梅雨空の下で
涼しい風そよぐ丘を駆け下り
山麓の脇道沿いの斜面に
純白のホタルブクロが
蛍舞う季節を告げてる

## 青燕流舞
夕暮れ時
まだ燕尾服になってない幼鳥も
尾の先が尖り始めた兄弟達に
混じって玄関先で乱舞する姿は
別れの儀式

## 再 会
うさぎ犬に導かれるように
漆黒の闇へ登り
渓流が谷底にある
鬱蒼とした森の奥深くで
蛍が乱れ舞う宴は幽玄の美

## 哀愁の七月
夏の陽射しに
ツバメ親子が旅立ち
漆黒の闇の中で
点滅してる蛍火も消えゆく
七月は何を楽しみに生きようか

### 梅雨明け前
琥珀色の風景に
今年初めてカナカナと
鳴く蜩いずこや
庭を眺めれば桃の葉に
蝉の抜け殻が
燻し金色に輝いてる♪


### 愛・青い花火
ギリシア語で愛の花
アガパンサスの青い花の下で
羽を震わせながら
餌をねだる雀の子に
親が口移しで与えてた♪


### 雄大な美
都会の大通りの緑地帯で
咲いてる黄色いカンナが
ごった煮のヒートアイランドを
行き交う人々の目にも涼やか


### オアシス
都会の大きな樹がある
高層オフィス街の遊歩道で
忙しく行き交う人の間を
縫うように歩いてる
鶺鴒は恋教え鳥

### 扉の外の世界
夏の光を浴びた白い硝子が
樹々の緑のさざ波と
そよぐ緑葉や親燕の帰来の
過ぎ去る時間を
影絵の如く映し出す

### めぐりあい
庭から鶯がホーホケキョッと
鳴いたら崖の雑木林から
♀ホケキョと返してた♪
呼応しつつ出会った葛城八幡の夏

### 炎昼の庭で‥
柿の根元で羽ばたきながら
砂浴びの雀がひっくり返って
お腹に砂を集めて
２本の足を空に突き出し
指宿の砂風呂

### 夏が流れていく♪
森の中から特許許可局と
元気よくさえずるホトトギスが
夜中もハハハハと笑う鳴き声に
目覚める日々いとをかし

### 蜩(ひぐらし)の合唱
信号待ちの時カナカナと
鳴く声に山を見上げると
右端の杉林から左端へ受け継がれ
波打つ音の流れが大山(だいぜん)を包む


### 同行2種(笑)
街へ向かう小バスが
小高い丘の集落を下(お)り
山あいの棚田を通り
渓流沿いを走らせば
麦藁蜻蛉(ムギワラトンボ)の群れも一緒に走る


### 珊瑚(さんご)の海
谷間の向こうが朱(しゅ)色に染まる
遥か彼方は海
幾つもの山頂が靄(もや)で墨黒(すみぐろ)に
落陽(らくよう)の海に浮かぶ
小島と化す


### おもいでばこ ❀ 長雨
金木犀(キンモクセイ)が橙色の小花(はな)を
石垣の外で散らし
甘い香り漂う雨煙(あめけむ)りの風景を
うさぎ犬と共に
窓から見つめてた秋の嵐

### 堅(かた)き
雨あがり
赤み帯びた空から
お陽様が柿の木を見てごらん♪と
射してる先を見ると
小さな緑色の実２つ見いつけた


### 闇魔(やみま)を打ち払う
窓から漂う甘い香りに
外を見渡すと薄暗くなった道を
金木犀(キンモクセイ)が散らした
橙色の小花(はな)で照らしてる♪
君の足元をも


### 観二重奏月(ムーンセレナーデ)
スポットライトのように
庭を照らす名月の光に
鈴虫の鳴き声が次第に
大きくなり松虫も
チンチロリ〜ンと合唱♪


### 月満(つきみ)つれば則(すなわ)ち虧(か)く
枕元で銀色の月の光に
照らされたうさぎ犬の
笑うてる寝顔いとし
頬すり寄せながら寝入った
懐かしの夜もう一度

## 雪神の化身(ゆきかみ)
金木犀かおる秋風ふく青空に
柿の葉が赤黄(あかき)に色づき
終(つい)の棲(す)み処(か)を求めて
さまよい歩く蟷螂(カマキリ)に
今冬(このふゆ)の積雪を問う


## Birthday cake
蠟燭(ろうそく)を灯すと
眠りから目覚めたうさぎ犬が
テーブル上に飛び乗り
揺らめく炎に瞳を輝かせ
我より先に吹き消した


## 秋の妖精
早朝(あさまだき)の山は赤黄琥珀碧(あかきこはくみどり)色の
ブロッコリー畑さながら
艶(あで)やかな秋たけなわ
真っ黄色い木が
また会えたねと手を振る


## 遥か南は海‥
高台のベランダの手摺り上で
青と橙(だいだい)色のイソヒヨドリは
座(さ)ながら博士が後ろに手を組んで
ジッと南を見つめてた

## 七つの子
秋の陽は釣瓶落とし
柿色に染まりゆく夕空を
烏の群れが塒に帰る頃
学校帰りの子供も
影を踏みふみ帰りゆく

## 秋惜む
どんよりした灰褐色の曇り空に
雲の隙間から射しこんでる朝陽が
風景を赤朽葉色に染め上げ
冬の到来を告げてる

## 初冬の葛城山
赤黄茶 橙 色の樹木が
色とりどりの
ブロッコリー畑に見え
山が朝陽でペチカの如く
燃え上がる風景ほっこり暖かい

## 冬 寝
秋の柔らかい陽の光に
たゆたう緑葉を
悪戯好きの北風に
ひと吹きで裸にされた
枝垂れ梅は一時の眠りにつく

### 初雪か？
薄雲のヴェールが
地上へひらめき雪雲上から
南の連山に光のシャワーを
ビクトリア瀑布さながら
厳かに注いでる


### 初 雪
秋緋色に染まる集落で
初雪が舞い散り
北西の山が白化粧し
目覚めたばかりの桜も驚き
花びらの縁を丸く縮めてる


### 白銀の集落
星瞬く夜空に部屋で
石油ストーブの臭い消え
清らかな匂ひ漂う
雪の女王降臨かワクワク
翌朝ホワイトクリスマス


### 冬冴ゆる
おはよう♪
外は銀世界で雪の女王が
赤い目をした雪ウサギを
連れてやってきた
「おいで！雪だるまを作ろう♪」

## 真心の愛

桜より早く咲き誇るアーモンドは旧約聖書で預言者の
杖に花つき実がなったという神々の承認が希望の春の花に
白・桃・桜色の三色が一斉に枝いっぱい咲き誇り
桜かと見紛うアーモンドの花は旧約聖書にも愛された希望の花
夫婦なる約束を忘れた王子が探した王女は姿態のびやか
白い肌に桃色の頬と桜色の唇うるはしアーモンドの木に
迎えに行くよと約束を忘れた王子は再会を信じ待ち続け
アーモンドの木になった王女を抱き共に花咲かせ実らす

## 雪晴(ゆきばれ)
冬将軍去りし
お陽様が暖かい陽射しを
里に降り注ぎ
大雪に堪えたメジロ夫婦も
生垣(いけがき)の中で羽を少し広げ
甲羅干し


## すずろ心
星またたく夜空の下で
鎮守(ちんじゅ)の森から
フクロウの鳴き声がするよ♪と
友からのメールは
春が近づいてきてる知らせ


## うららかな二月
雲ひとつない青空に
小鳥達が賑やかに囀り(さえず)
玄関ドアを開けたら
キジバトも暢気(のんき)に石段を
ピョンピョン下りてる


## 二階の窓の下から
細雨(ささあめ)が降る夜に窓を開けたら
生暖かい空気と一緒に
桜葉(さくら)から桜餅の
スパイシーな香りも漂い
鼻をくすぐられた

### 恋こい♪
冬の夕空に松林の上を
燕(ツバメ)が２羽飛翔(ひしょう)していた
バレンタインデーの翌日から
野鳥達も春を迎える準備をしてる


### 南風ノトス
春一番で
ホワイトバレンタインデーにならず
季節外れの南風に
堅い蕾(つぼみ)の梅美姫(うめびひめ)も
余儀なく濃紅色(こいべに)の花びらを開く


### 春　愁(はる　うれい)
雨上がり薄陽さす
生成(きな)り色の風景に
色褪せても枝垂(しだ)れ梅(うめ)かぐはしき
花蜜を吸うメジロで
淡桃色(あわもも)の花びらが波打つ


### 餞(はなむけ)
暖かい春風に吹かれてる梅美姫は
淡桃色の衣を脱ぎ散らし
愛でてくれる道行く人の頭上に
別れの花びらを落(め)とす

### 聖なる木
木の精が宿り
多くの幸福(しあわせ)をもたらすと
いわれてるガジュマルを
誰よりも幸福(しあわせ)になってと
君の手に苗木を握らせる


### 哀悼 椿の心
東で大震災おきた昨年は悲哀こめて
血の涙色の花を咲かせたが
今年は死者の魂安らかなりと
白い花を咲かせてる


### 遠来(えんらい)♪
アーモンドの白と濃桜色(さくら)の
花たわわ咲く家の古巣(うち)に
海を越えて帰ってきた
燕(ツバメ)の華やぐ歌声が
ドア越しに聞こえる


### 触れないで
赤紫(あかむらさき)が美しいアザミは
遠い昔に鋭い棘で侵略者を
防いで国を守ったという
栄光の歴史ある
スコットランドの国花

### 天見の風
陽光の中を
満開の八重桜が風に揺られて
雲一つない水色の空を飛び
無数の花びらが集まって
桜龍の如く空を渡る


### ときめき
桜が葉桜になり
紫色の藤はいずこへ
燕が飛びかう空の下で
緑濃い山に白や淡紅色の
山つつじが見え隠れしてる


### 神々の贈り物
あの世の音が聞こえると云う
巨石の麓で穫れた柿を
食べた種は植木鉢に植えたら
種を被ったまま
苗木が出てきた


### 藍花
朝露に濡れてる青を
東雲の光が鮮やかに
浮かびあがらせてる露草は
陽の光が強くなる毎に
儚く溶ける束の間の美

## 甘い囁(ささや)き
赤葉の生垣(いけがき)に絡み咲く
カロライナジャスミンの
黄花(きばな)の甘い香りが
五月の風で漂い電線(でんせん)上で
雉鳩(キジバト)も揺られてホー♪

## 元気回復
すでに遅し‥
3㎜の幼いオンブバッタが
ミントの葉を透かし模様に食べてる
ミントバッタ君♪
元気に育って！

## 爽徳香(そうとくにほひ)
淡桃色(あわもも)の花が咲き
雨に打たれても爽やかに香る
ミントは聖書・マタイ伝に
当時は税金代わりに
納められたという

## もの憂げな五月
サツキ咲き乱れ
若葉薫る風そよぐ皐月(さつき)の空に
悠々と泳ぐ鯉のぼりの下で
子供の成長を祈る親心
子知らず思い知る

## 龍蛇吹散
###### りゅうじゃふぢ
切り立った崖の中腹から
雨に洗われ濃紫色になった
###### こむらさき
藤の花房が大瀑布の如く
###### だいばくふ
道路上に垂れ下がった姿は
幽玄なり


## 雪の鐘
山雀が埋めたエゴノキに
###### ヤマガラ
沢山ついてる蕾が
白い花となり何もない冬季で
###### ふゆ
命の糧の青白い実
###### かて
たわわなりますように


## 梅雨の晴れ間
大雨をもたらした黒い雨雲が去り
白い雲が浮かぶ青空から
集落を照らす陽の光と爽やかな風が
湿った空気を払拭


## ホタル星
激流する川の奥深く
幅30cmの土手を恐々進み
###### こわごわ
辿り着いた先は漆黒の闇で
群舞する蛍と
###### ぐんぶ
瞬く星が音楽を奏でてる

## 早く秋にな〜れ♪
山麓の脇道沿いで
土手(どて)からはみだした枝を
見上げたら柿の白い花が
緑色の実となり
真夏の白い光を受けて健やか


## お盆
油蝉(アブラゼミ)とツクツクボウシ鳴く里に
ブルーベリーの濃紫色(こむらさき)の実たわわ
涼風ふく夜の庭から
リーンリン鈴虫が初鳴き♪


## はぐれ蝉
お盆過ぎ
秋の風情(ふぜい)が漂い始める
ススキ色の風景に
今年初めて聞く蝉の鳴き声が‥
1匹だけ山からミーンミーン♪


## 濡れ華鼠(はなねずみ)
群衆の後ろで花火眺める我を
見知らぬ婦人が前へ招き
道開ける人々の優し心に
傘を閉じ見上げれば
赤ハート昇華

## 棚田
雲ひとつない真っ青な空と
ツクツク法師が鳴く山に
向かって広がる棚田の
青々(あおあお)した稲穂が
九月の風で渦巻いてる


## 恵みの秋近し♪
山麓で台風に飛ばされず
崖の斜面にしがみつくように
立ってる枝振(えだぶ)り良(よ)い木は
初秋(はつあき)の光で
柿色に色づく実たわわ


## 台風の置き土産
夏の暑い時も雪が積もる時も
ハート形の緑葉(みどりのは)を艶(つや)やかに保ち
真っ黄の花を咲かす石蕗(つわぶき)の
花言葉は困難に負けない


## 幸運の兆し
台風が去った
秋晴れの外に出たいと
現れた2センチの守宮(ヤモリ)は
台風前日に窓を開けた時の
雨戸から部屋に入った闖入者(ちんにゅうしゃ)

## 山麓の脇道沿いで
紅葉(こうよう)ハラハラ土手(どて)から垂れてる
綺麗な柿の実に惹かれ
祠(ほこら)の神様にお賽銭あげ
捥(も)ぎとった柿を口にした
家人(いえびと)の渋顔

## 暮(くれ)の秋
曇り空に雨戸を開けたら
蟷螂(カマキリ)が首を傾(かし)げて
「ただいま！」
子を産む為に長い旅から
還ってきた君に「おかえり」

## 高山(たかやま)おろし
風の神に揺らされてる
百日紅(サルスベリ)の緑葉(みどりば)と
力尽きた黄葉(おうば)は枝から離れ
曇り空の下をキラキラ輝きながら
舞い踊ってる

## 冬の愉しみ
おはよ！ちゃ〜むい♪
ちゃ〜むい♪
ちゃ〜むいのちゃ〜むい♪
ハロウィンが終わったら
クリスマスの次はお正月

### 朝ぼらけ
朝陽で空も集落も蜜柑(みかん)色に
染まる心和む風景は
遠く離れた地にいる
君の瞳にどんな朝焼けが
映ってるのだろうか


### 碧落(へきらく)
バスが東の山を越えて
三方の連山(やまやま)に囲まれた駅に向かうと
透き通るように美しい
真っ青な空が広がっていた


### 踏みよむ月日
ひと雨ごとに
柿の葉が赤黄色(あかき)に変わりゆき
大好きな君の心も秋が深まり
人生で又ひと区切りの冬へと向かう


### 天地一望
機上の人となり
白い雲が浮かぶ水色の空を
飛んでる飛行機の窓から
眼下に広がる連山(やまやま)は
錦繡(きんしゅう)になってるだろうか

### 雪待侘茶(ゆきまちわびちゃ)
冬めく空の下で
お茶が純白の花たわわ
咲かせてる清楚な花姿(はなすがた)は
利休お気に入り侘びさび
霜月もおきばりやす

### シベリアからやってきたお客様
足元に紋付鳥(ジョウビタキ)が「只今」と
お辞儀しながら庭を闊歩(かっぽ)し
桜の枝上(えだ)に飛び移って
胸を張り尾を振りふり
縄張り宣言す

### 影 絵(かげえ)
西陽さす部屋に
往来する影は何ぞ？
庭に夕餉(ゆうげ)ないか遊びにきた
数十羽のコガラとメジロの
集団に笑み零(こぼ)れ落ちる

### 紀 見(きみ)
高台から眺めてる
南の連山(やまやま)から湧き出た
水蒸気が雲海となり
霧に覆われてる冬曙(ふゆあけぼの)の町を
家人(いえびと)もバスから眺めてる

## ヒマラヤ桜
桜の大木に芽生えた緑色の芽が
みんな葉っぱの芽だと
諦めていた時に
赤ちゃんの頬っぺたに似た
蕾(つぼみ)を見ぃつけた


## 初 冬(はつ ふゆ)
水色の空の下で
錦の連山(やまやま)を背景に
日本桜の原種といわれてる
桜に桃色の蕾が膨らみ
鶯(ウグイス)も愛(め)でにきた青桃(あおもも)色の花


## 冬千花(ふゆせんか)
桜・さくら‥
冬晴れの暖かい日が続いて
ご機嫌うるわしゅう
青桃色の花に小さな蜂が
花蜜(はなみつ)を吸いに飛び交ってる


## 冬蜜花(ふゆみつか)
あっちが甘い♪
そっちが甘いよ!
メジロ夫婦が朝早くから
囀(さえず)りながら鬼(蜂)の居ぬ間に
桜の花蜜を吸ってる❀

# 生命(いのち)を継(つぎ)し者

爽(さわ)やかな風ふく青空の下でアーモンドの実なり始めた朝に殻の割れた卵を見つけ破顔一笑(はがんいっしょう)ツバメに雛(ひな)が孵(かえ)った♪

巣立ちまで運を拾いに雛のウンを掃除する我に青い空とびかう燕をお布団から眺められる至福の時間(とき)ありがとう

燕の雛に産毛が生えモフモフ頭あいらし姿が二日後に黒毛オールバックなるも尻尾短しタキシード姿まだ先遠し

巣の中で燕雛(ひな)のツルツル黒い頭髪(あたま)の天辺(てっぺん)で揺らめいてた産毛1本が翌朝に巣下(すのした)のフンの山頂で風にそよいでる♪

青空の下で燕巣(す)の縁に止まる姫達磨姿の幼鳥(おさなどり)5羽が飛び出し向かいの電線から初めて我が家を眺める風景どう?

別れ前に巣を掃除す父燕に心震え涙す我が思えば烏(カラス)を追い払った勇敢な夫婦燕(めをとツバメ)の覇気(はき)を子にも受け継がれていく

幾年前に燕雛5羽のうち長梅雨(ながぁめ)で餌が捕れず巣立ち前に餓死した3羽が根元で眠る桜の枝先には今年の巣立ち雛

29

### 健康促進ダイエット
裏庭にあるのは
すずな・薺(なずな)・御形(ごぎょう)・ハコベラ・
芹・仏の座・すずしろかな？
自信なくて市販物で
七草粥を作った


### 愛 嬌
見ぃちゃったよ♪
ヒヨドリが隣家で赤い寒椿の
今にも花開こうとしてる蕾を
パックリ食べてしまったところを


### 立 春
冬将軍が去った
明るい昼下がりの青空をプールに
白い綿雲(わたくも)が暢気(のんき)に泳いで
小鳥達も穏やかな表情で
陽太ぼっこ♪


### 遠い思い出
まだ時折
名残り雪が舞い散る空の下を
散策(さんぽ)中に見ぃつけた
アカシアの真っ黄色い花々が
高らかに春を告げてる♪

## 喝！
利休鼠(りきゅうねずみ)色した曇り空の下で
咲いてる釈迦仏の座布団とされる
木蓮の白い花が千枚漬に
紫の花は温海蕪(あつみかぶ)漬に見える


## 冬春(ふゆはる)一条の光
動く雪雲の間から射す
陽光(ひのひかり)を追いかけ
メジロ夫婦が生垣の中で
枝から枝へチョコチョコ移動し
毛繕い陽太ぼっこ


## 天女の訪れ
山麓で見いつけた
熊笹の群落に守られ
梅の古木(こぼく)の枝を広げた姿は
天女が羽衣を掛けたかのように
白くひらひら


## えっ‥？
橙(だいだい)色に染まった山の稜線(りょうせん)で
月がまだ妖光を放つ
スモーキーブルーの空から
スズメが真っ逆さまに
スカイダイブ

## 葛城の山

昨日までの雨で
ワッフル模様だった山が
森の芽吹きで蜂蜜色・
胡桃色・小豆色・葡萄色・
抹茶色に膨らんでる♪


## 命 紡ぐ春の朝

満開の染井吉野の
並木道横の池の片隅で
次の生命を紡ぐ為に帰ってきた
青鷺がコンクリ土堤の上で
春の光に佇む


## 命の息吹き

桜葉かおる青空に
桜吹雪が舞う
並木道横の池の片隅で
巣の細枝を揃えてる青鷺夫婦から
次の命誕生が待ち遠しい


## 命紡ぐ旅へ

紅い実たわわ
葉桜の並木道から見える
池のコンクリ土堤の上で
青鷺夫婦と巣立ち間際の子3羽が
初夏の光に佇む

## 父の日に隅田(すみだ)の花火
純白の紫陽花(アジサイ)を目にした父は
無言で鉢を抱えて
休日の事務所まで車を走らせ
机上(つくえ)に飾り娘自慢の
父に笑み零(こぼ)れる


## 心の治癒
都会の学校から高い塀こえて
道路上に延びてきたのは何ぞ？
曇り空で見上げてみれば
枇杷(びわ)がたわわに実ってる♪


## 月 蛍(つき ほたる)
暗闇(くらやみ)の中カラカラとカジカ鳴く
木立の隙間から月明かりが
蛍舞う川里に誘うかのように
足元を照らしてくれる♪


## 森 蛍(もり ほたる)
梅雨の夜空に
漆黒の闇の中で
細長い桐(きり)の木立を縫うように
黄色い火が点滅しながら
近づいてくる蛍の儚(はかな)げな飛翔(ひしょう)

## 淡い恋心
列車待つホームの
線路の向こう側が
真っ赤に染まってる♪
海に沈みゆく夕陽よ♪
西の友達に密かな想いも届けて

## 勇 敢
植木鉢に置いてた
松の実を丸かじりしてた
カワラヒワから土産(みやげ)の松が
石垣スレスレに生えて三年目
「あひゃ～」

## 山あいの駅で‥
壮大な連山(やまやま)を背景に
スモークブルーの夕空が
淡い青紫の浮き雲と
赤紫の浮き雲が出会い
マーブル模様になってた

## セーラームーン
黄金色(こがね)の光を放つ月が
美しい夜空の下で眠れぬ君よ
まばゆい月の光を浴びてると
しがらみも忘却の彼方 zzZz

34

## 冷静沈着
灼熱のような夏の光で
日焼けしていた朝顔が
秋の空に爽やかな風を受け
濃紫色(こむらさき)の艶(あで)やかな花を
嬉々(きき)と咲かせてた


## とんぼ玉
駅前でタクシーの屋根に
空中静止やがて大空の彼方へ
飛び去る小麦色の蜻蛉(トンボ)を追う
運転手の目は虚ろ時空の旅へ


## 旬
雨あがり
緑濃し香りに深呼吸すれば
どこからか漂うてきた
焼き秋刀魚(サンマ)のニオイに
鼻をくすぐられハクション!


## 隔世感(かくせいかん)
降りしきる秋時雨に
硫黄の香り濃し露天風呂から
旅の燕達が夕餉(ゆうげ)を啄(ついば)む姿を
眺めてる我を
燕(ツバメ)もまた我を眺めてる

## こころ
国道沿いの民家の小さな畑で
ハート形の葉が無数に
地を這ってる作物は薩摩芋！
焼き芋の美味しい季節こい恋♪


## 秋紫野(あきなすの)
段々畑で耕作してる
老夫婦に出会い
笑顔の裏に幾多の喜怒哀楽を
分かち合ってきた
年輪が川面(かわも)に映し出されてる


## 一輪の花
「悲しんでるあなたを愛する」
という花言葉を持つ
高貴な紫色りんどうを
人生の黄昏(たそがれ)に
寄り添いあう夫婦に贈る


## 秋風雅楽(あきかぜががく)
冷涼(れいりょう)な風そよぐ庭に
棲(す)みしものの名探しに
秋の夜長を過ごし
来季も巡り会えるかな
秋の虫達が奏でる音もの哀し

### 丹桂(たんけい)
丘へ上がる山裾で
鼻をくすぐられる
甘い香りは何処(どこ)か見渡せば
池の一角が金木犀(キンモクセイ)の群落で
橙色の花壁になってた


### 秋になったけれど♪
植木鉢で小さき蝶が
我の手に止まり
引き抜こうとしてる雑草の
黄色い小花(はな)に飛び移り
蜜を吸う生命の儚さに中止


### 異国の花嫁
車窓から遠くに見える
黄色い丘は何ぞ？
丘へ向かって走る列車に
背高泡立草(セイタカアワダチソウ)がおいでませ
秋風に揺れて手を振る


### 郷土(きょうど)の娘
辺鄙(へんぴ)な駅に降り立った
不安げなあたいを迎えてくれたのは
町の至る所で微笑んでる
背高泡立草の優しい町だった

### 赤い花火
バス通りの緑地帯から
抜きん出た真っ赤な花火が
秋彼岸(あきひがん)を告げる曼珠沙華(まんじゅしゃか)は
あの世とこの世を結ぶ
花言葉は再会


### 田舎の駅ホームで
古ベンチに座り列車待つ
うさぎ犬の視線を辿れば
地平線に沈む夕陽で
黄金色(こがね)に輝くススキ原に
我の目も潤んでた


### 季節を回遊するバス
その街の住人(すみびと)は
秋の木漏れ陽を浴び
黄緑赤橙色の Xmas ツリー
さながら煌めく楓(カエデ)の並木道に
気づいてないのか


### 秋寂(あきさび)
縮れ雲が朝の光で
浮き上がってる青い空を
愛らしい姿のオンブバッタは
仲間なきミントの葉上(はうえ)で
独り見上げてる

## 耐え忍んで‥
雲一つない水色の空の下で
堅い芽が綻(ほころ)び始めた
桜葉(さくら)の先端部(さきっぽ)は赤ちゃんが
産声を上げたかのように
緋色(ひて)に火照(ほて)る

## お茶が取り持つ縁
水色の空から秋の木漏れ陽で
純白に光り輝くお茶の花に
毎日オオスズメ蜂と
蜜蜂が仲良く通い
花蜜(はなみつ)吸う姿をかし

## 芒(すすき)
南風で北に向いてた芒の穂が
オリオン座きらめく夜空から
北風で南に向かされ
秋の虫の鳴き声か細くもの哀し

## 幸せの青い鳥？
勝手知ったる他人の家とばかり
我が物顔で闊歩(かっぽ)してる
青と橙色(だいだい)の鮮やかなイソヒヨドリ
君の寝床はツバメの巣

## 錦の緞帳
冬の足音高く
秋の女神が霧を煙幕に
山で緑葉を藍色に染め
赤・黄・橙色を華美に
際立たせた錦繍を織りあげた

## 生きる！
茜さす水色の空を
北へまっしぐらに
急ぎ飛んでる雀の群れは
冬が来る前に山を越えて
豊かな餌場を求めての旅か

## 雪占術
剪定を見据え
窓越しに見ぃつけた！
生垣の枯れ枝に蟷螂の卵を‥
地表から約 30cm‥
今年の雪はこの辺までかな？

## 移ろいゆく季節
秋の女神が赤黄深緑の
樹木を緞帳の如く
艶やかに描いた連山を
冬将軍お気に召し
紅葉狩りの度に朽ちていく

**厳冬へ**
赤黄橙緑の色艶やかな
紅葉狩りに山を巡り
得られた秋の贈り物
メジロ達の命を繋ぐ糧が
熟成し冷凍庫でいっぱい


**不意の吹雪**
月も星も光り輝く夜空で
窓を開け放して
階下のリビングで
ティータイム後に戻ると
枕も羽毛布団も雪でキラキラ


**お辞儀鳥**
白化粧した錦の連山を
陽光が照らし
柿の枝上で縄張り宣言してる
白い紋付きジョウビタキにも
暖かい光をそそぐ


**Xmas ツリーのない我が家**
お飾りの楽隊が奏でる
音振で青銀色に煌めく
Xmas ツリーが大好きで
微睡んでたヨーキーが
サンタと共に旅立った

## ぷち雪国

青桃色と白桃色の桜花(さくら)を堪能した雪の女王は輝く若葉にもサヨウナラ！桜よ素敵な笑顔アリガトウ♪と凍らせた

雪の女王は南の連山(れんざん)をキラキラ粉砂糖がかかった山姿にし谷間にも生クリームを盛りつけたりお菓子作りに忙し

朝陽で残雪(ざんせつ)の中のダイヤがキラキラ光ってる屋根を高台から見渡す限りどこまでも続いて見える雪の女王の敷物

雪の女王が作ったダイヤ入りミルクかき氷をお気に召した冬将軍は庭木に積もった雪をマシュマロにして贈った

雪の女王が魔法で樹氷に化(ば)かしてしまうた庭木達を太陽が勢い返し直ぐ雪を溶かしてくれたけど雪達磨(ゆきだるま)は作れず

太陽に雪雲を吹き飛ばされた雪の女王は名残惜しく南の連山の残雪から靄(もや)を湧出(わきだ)し空をベビーピンクに染めたよ

42

### ひとりぽっち
しぐれる雪に
生垣(いけがき)の中で絶妙の距離を保ち
雪宿りしてる
スズメとメジロが身を寄せ合うと
暖かいのに離れてる


### 慶賀野(けがの)えべっちゃん
小雪舞い散る山麓の
祠(ほこら)の前で守り人達が
氏神様に供える餅をつくため
餅米を蒸している鄙(ひな)びた集落が
和気藹々(わきあいあい)に


### 幻のスノーマン
冬将軍の力が弱まり
綿菓子のような雪から
生まれたスノーマンも
儚(はかな)き物語の如く
真っ赤な目を残して消え去りぬ


### 雪の使者
門柱(もんばしら)の上で積もる
綿菓子の如くふわふわ雪を
握り丸めて赤い目に
クリスマスホーリー嵌(は)めた
スノーマン誕生なり

### おもいでばこ 🎀 鬼は内？
窓の外は銀世界で
庭木が樹氷し
邪気払いに撒いた豆が
うさぎ犬に食べられないよう
競って床を滑走(かっそう)した節分の夜

### 光冴(さ)ゆる
ベランダの黒い手摺の積雪が
朝の光で
ゴールドラッシュさながら
ダイヤモンドのように
煌めきながら溶けてゆく

### 小さな幸せ
残り雪の裏庭に
陽光(ひのひかり)が丸く雪を溶かし
浮かび上がった紫色の菫(スミレ)は
春に宝石を嵌(は)めこんだ蛹(さなぎ)をもつ
橙色の蝶(チョウ)の故郷

### 固い約束
山麓の真っ白な段々畑で
お地蔵さまが雪達磨(ゆきだるま)になったのか
卵の形した雪の塊が３つ！
雪解けで現れた白菜に吃驚(びっくり)

### 春の息吹
おはよう✿
雪雲が割れて青空が広がり
集落を照らす暖かい陽光(ひのひかり)で
濃桃(こいもも)色の梅花に降り積もった
雪を溶かす光の春


### 芽吹き
雲ひとつない青空に
白桃(しろもも)の枝上(えだ)でケキョケキョッ
さえずる幼い鶯(ウグイス)の姿が
花桃(はなもも)の妖精も笑い誘われ
花びらを震はす


### 春紫穂(はるしほ)
二月に目覚め
北風で窄(すぼ)んでた淡紫(あわむらさき)色の
ラベンダーは春を告げる
暖かい雨で穂全体が
鮮やかな紫色になってる♪


### 淡虹夢之媛神(あわにじゆめのひめかみ)
暖かい春霞に
黄花藤(きばなふじ)の枝上(えだ)から尾長い
綿菓子のようなエナガが
つぶらな瞳で我を見下ろして
「元気だった?」

### エイプリルフール
雨あがり
灰白色(はいしろ)のぶ厚い雲の流れで
冷たい風が吹き渡り
電線に止まってるツバメも
ふっくら羽毛を膨らませてる


### 春暖(はるあたたか)
桜色に染まりゆく
寝坊助(ねぼすけ)の連山(やまやま)を背景に
燕夫婦が花曇りの空を
元気よく滑空(かっくう)し
高速で軒下の巣へフライトダウン


### 嬉しい知らせ
車窓(まど)から見える霧に包まれた
緑豊かな連山(やまやま)を背景に
広がってる田圃の畦道で
赤紫の野花菖蒲(のばなしょうぶ)が
霧雨に揺らいでる


### 懐かしき許可曲
白い綿雲(わたも)が踊る青い空に
若葉かぐはしき
爽やかな風そよぐ森の中で
ホトトギスが鳴き始める
五月が終わった♪

### 百代の過客なり
赤葉の生垣を蔦う
キャロライナジャスミンの黄花と
黄花藤の花房の間にある石段を
我が行き来すと
燕も行き来す


### 初夏の空の下で
大きい池でツバメが
バシャッバシャッ
空中から豪快にダイビング
水浴びしてる姿を
君に見せてあげたい


### また来年
踏切を越えた先に紫陽花が
今年もおいでませ♪と
山上で乱舞してる
蛍ショーへ誘うが如く
虹色あざやか笑うてる


### 終焉の舞
清流せせらぐ川床の
白い石畳でカジカ囁けば
樹上でゆらめく蛍火と
ゆらゆら舞う蛍に
見果てぬ夢を追う

## 秘 密
緑色の実たわわ成ってる
アーモンドの根元に咲いた
初恋草の黄色い花に
あたいの初恋はいつか
誰か？覚えてない


## ご馳走さま
濃紫色の実が鈴なりについた
黄龍の尻尾を毎日
ヒヨドリが啄みにきてる
姿みて食味してみたら
ブルーベリーの味


## 贈り物
窓に一筋の雨滴れ
紫蘭に似た姿形で甘く香り
縁が桃色の白い花が黄色に変わる
珍しい土産を野鳥から又もらった


## 眠れぬ君へ
夜空も山もモヤッとして瞬く星も
若葉つけた樹木も見えない
窓辺に吊してる江戸風鈴が
夢の世界へ誘ってくれる

### 波縞之黄 蝶神
###### (なみしまの き ちょうかみ)
爽やかな風の中あたいに
喜び勇んで初飛翔してみせる
ナミアゲハは次の命を紡ぐ
伴侶に巡り会う旅へ
てふてふ♪


### 青空へ
飛び去ったナミアゲハよ♪
遠い昔に君の一族は
ハワイで帰化し唯一の
アゲハ蝶になってる！
君も海を渡るのか‥


### 初収穫♪
樹上で割れ始めた
アーモンドの実を挽ぎとり
軟らかい果肉を開いてみれば
アーモンドは堅い殻の中
どう取れば？


### 夕化粧
線路沿いで白粉のような
芳香を放つ赤いオシロイバナ見て
母と気配りも似てる美しく
優しい夜のママを思い出す

### 美の極致
出勤途中の峠道で
発見したカラスの羽根を
秋の陽にかざしてみれば
濡れ光りする漆黒の色に
見惚れて遅刻寸前


### ツリーコットン
物憂げな
青灰色(あおはい)の空の下(した)で
綿の花が白から赤へ
色鮮やかに変化する姿
さながら女心は秋の空


### 迦葉風(かしょうのかぜ)
熱射病でか
屋根から落ちてきた
メジロを緑葉(あおば)の茂った
太い枝上(えだ)で生き返らせ
西陽(にしび)を和らげてる
桜が落葉し始めた


### 狩　三石山麓の主(みついし)
時よ止まれ！
崖の斜面に覆い茂ってる樹木(き)の上で
悠々と風に乗って旋回してる
オオタカの勇姿をずっと眺めたい

### 正体は‥あくび
線路沿いの急峻(きゅうしゅん)な坂道を
上がりきった所でメジロの仕草に
誘われ見上げたら
樹上(きのうえ)から薩摩芋がぶら下がってた♪


### 荒天を貫く龍
雨雲が連山(やまやま)を越えて
日本海の方へ流れていき
集落で湧き出た虹も
台風に引き寄せられるように
大きく延びていく


### 秋　麗(あきうらら)
台風の余波(なごり)で
荒天を貫く龍を見し後の
土砂降りに窓から
秋の女神が金木犀(キンモクセイ)の甘ったるい
香りを漂(はい)わせて入らむ♪


### 私を包んで‥
群青色の夜空に星がかすむほど
神々しい月の光で
赤桃色の綿の花と夜露を
キラキラ輝かせてる
山の澄んだ空気

### 茅(かや)の地
丘の坂道を下ったところで
小雨に洗われ
純白に光る尾花(ススキ)の群生(ぐんせい)から
紅い花穂(ほ)もうつむき加減に
見え隠れしてる


### 燃(も)魅(み)
窓外から灰色の風景を眺めてると
椋鳥(ムクドリ)夫婦が電線から飛びおり
紅葉してる花水木の真っ赤な実を
朝餉(あさげ)に啄(ついば)んでる


### 君の心に灯火(ともしび)を
枝先で蝋燭(ろうそく)を灯す姿形(すがたかたち)の
燭台躑躅(どうだんつつじ)の燃える赤葉が
寒々しい晩秋の風景と
凹んでる人の心に
温もりを与えてくれる


### 赤い糸
月と木星が
見つめあってるかのように
君の瞳にいつまでも
魅せられたい
飛行機がその間を通り抜けた♪✈☆

### 秋深し
西の連山(やまやま)は靄(もや)で姿を隠し
桜の紅黄葉(べにおうば)で秋色に染まる
東南の丘は霧雨で絹目の写真
さながら切なるものがある


### 色無き風
雲流れ久々に姿を現した
椋鳥夫婦が橙色の脚で
電線に並んで止まり
羽毛も乱れ飛ぶほど
冷たい秋風に揺られてる


### 晩 秋
白鼠色の曇り空に
メジロ十数羽が庭に降り立ち
朝餉(あさげ)を啄(ついば)みにきた
朝早くから精がでますね
葉(は)裏のお掃除ご苦労様


### ☆三つ星☆
居場所ない家に帰りたくないと
夜空を見上げたら
オリオン座が慈母(はは)の如く
帰りなさいと話してくれた
友を想う☆

### 落 陽
青灰色(あおはい)の雲に
崖の中で琥珀色に燃えたぎってる
雑木林が北風に煽(あお)られ
永遠の旅立ちへと
余儀なくさせられてる


### 霜 水 晶(しもすいしょう)
朝焼けの美しい冬曙(ふゆあけぼの)に
黒い手摺が朝陽で
金平糖(こんぺいとう)の如くキラキラ
土が一粒ずつ氷と化した庭を
訪れる小鳥の姿なし


### 空海の風
淡墨(うすずみ)の曇り空の下で
硫黄臭も吹き飛ばす
荒ぶる風に吹かれながら
露天風呂でうつら午睡(ひるね)から
目覚めた空は水色


### 犯人は‥？
誰が食べたのか
玄関先を照らす
クリスマスホーリーの
真っ赤な実がない (ToT)
サンタさん素通りしないでね

## 育雛奮闘中(いくじ)

時折細雪(ささめゆき)が舞い散る淡い春の空の下でメジロ夫婦は
咲き始めた白い花ワイルドストロベリーの受粉に大忙し
すこぶる快晴で野に帰ったメジロ夫婦が戻り巣材にするのか
松の枯れ葉を嘴(くちばし)に挟んだ顔がヒゲ沢山ネズミ顔に笑
白い雲おどる青空の下でメジロが産まれてくる雛(ひな)の為に
種を蒔き育てたワイルドストロベリーに紅い実がなった
メジロは真っ赤に熟したワイルドストロベリーの実を突ついて
嘴に挟んで雛が待つ巣へ行き来してる 🍓 美味っ 🍓

### 初晴(はつばれ)
雪の気配おろか
北風も吹かない元旦は
糧(かて)を啄みながら微睡(まどろ)むメジロの下に
落ち零(こぼ)れないか嘴(くちばし)で
ツンツン歩く雀達

### 冬華(ふゆばな)
山あいの駅前のビル横を
花壇で彩られてる
山茶花(サザンカ)が艶(あで)やかな花びらを
１枚ずつ散らし
路面は真っ赤な絨毯の如し

### 家人(いえびと)の若かりし頃
ユタのホームスティ宅で見てた
桜ん坊ジャム作りを思い出し
頂き物の柚子を煮詰めて
リビングは甘酸っぱい香り

### ランデブー
午前３時‥
星きらめく紺碧(こんぺき)色の夜空を
夜間飛行機が
真っ黄色いお月様と
一緒に山の向こう側へ沈みゆく

### 雀の袴(すずめ はかま)
都会の公園で黄色い蕾つけた
カタバミは古代女性が
酢漿草(かたばみ)の葉で鏡を磨き
日々こころの研鑽(けんさん)から
花言葉は輝く心

### 豊穣(ほうじょう)の西風ゼピュロス
冷たい北風に身を窄(すぼ)み
坂道あがる所で
春の息吹に頬を撫でられた
君の戸惑い顔に
森の妖精もザワザワ笑うてた

### ぷちオーロラ
窓から射しこむ
明るい月の光に目覚めて観(み)れば
西空で真ん丸いお月様の
周りを囲んでる薄雲が
虹色に染まってる

### 椿 女郎(つばきじょろう)
信号待ちの時に
山を見上げると凹んだ所は
鬱蒼(うっそう)とした森に囲まれた墓所(おはか)で
墓石(はかいし)上に椿の木か
赤い花たわわ見える

### 青い空の下で
明緑色(めいりょくしょく)の若枝に
八重の白い花たわわに咲き誇る姿は
花桃の妖精が朗(ほが)らかに笑うてるが如く
花言葉はあなたに夢中


### 桜 毬(さくら まり)
動き始めた電車窓から
眺める小高い丘に
幾本もの桜の木の妖精が
集落を護(まも)るが如く
桜花(さくら)の手毬を連ねて囲んでる


### 聖地へ
山を突破し
鉄路を切り開いた駅は
鄙(ひな)びこそすれホーム裏で
死者を弔うかのように
黄色いカキツバタが美麗(びれい)に立つ


### お姑 優然(ゆうねん)の形見
刀に巻いてたという
黄(き)テンの襟巻(えりまき)を丸洗い
陽干しでふんわり
円(つぶ)らな黒い瞳と爪つき足が
うさぎ犬を思い出させる

## 初夏(はつなつ)を告げる
暖かい雨で都会の街路(がいろ)や
家々の至るところで
赤・白・ピンクの
花水木が一斉に花咲く姿に
歳月(さいげつ)人を待たずを思ふ


## 私を忘れないで
菜種雨ふる毎(ごと)に
緑濃く盛り上がっていく連山(やまやま)と
夜闇(よやみ)に浮かび上がる
カーネーションに似た
可憐な花たわわ天(あま)の川(かわ)


## 母の日
花屋で初めて見る青が素敵！
赤・ピンク・緑・黄
の色とりどりの
カーネーションの中で
汚れなき純白が大好き♪


## 誘　惑
鉢植えで果実が出来る
過程を学ばせてもらった
淡桃(あわもも)色の花姿が美しい
姫林檎(ひめりんご)から秋口に成る
赤い実は酸っぱい🍎

## 田園都市
イワツバメが朝餉(あさげ)を啄(ついば)む
梅雨空の下で元は千枚田(せんまいだ)だった
小さな棚田に水が張ってる
今日から「水の月」の始まり


## 慰 め
バス通りの緑地帯から
はみ出して咲いてる
虞美人(ぐびじん)を思わせる
華奢(きゃしゃ)な姿の赤いポピーが
小麦色の朝陽にそよいでる


## 籠の中の鳥
灰色の雲が集う空に
燕(ツバメ)6羽が悠々と朝餉(あさげ)を啄(ついば)んでる風景を
寝ころびながら眺めてると
肉体から魂が抜けて
大空へ


## 霊水が花に
星も月明りもない夜空の下で
白いドウダンツツジが
満天星の如く帰路(かえり)を急ぐ
家人(いえびと)に我が家を照らす
「おかえり」

## 蛍 提 灯 （ほたるちょうちん）
民家の生垣の根元から
ひょっこり顔だす淡紫（うすむらさき）の
ホタルブクロの花に
蛍を入れて提灯花になるか
雨降花（あめふりばな）で終わるか

## 七 蛍 星 （ななほたるぼし）
七色に彩る紫陽花が咲く頃に
山の谷間から闇の中を揺らめく
蛍火で漆黒の森が煌めく
満天星になるホタルの里

## 愛傘花 （あいさんか）
スモークグレーに煙る
雨の遊歩道で赤い傘をさして
駆け寄る君の黒い瞳に映る
色とりどりの傘が
花に見える♪

## 柘枝仙媛 （つみのえやまひめ）
月も星も灯りも無き
夜闇（よるやみ）の帰り道に
葉陰から浮かび上がる
白い花は強い雨にめげず咲く
山法師（ヤマボウシ）を目印に我が家へ

## ピュア
空高くツバメが飛び交う
雨雲の下で靄に包まれた
南の連山から湧き出る雲海と
イワツバメの腰回りがミルク色


## 蚊の休憩処
雲の向こう側から
柔らかい朝陽さす
ピンクの花つけた蚊連草から
スパイシーで爽やかな香りが
梅雨の憂さ飛ばす


## 夢のひと時
停車場近くの
街路樹で鳴く蝉と
電線上で鳴く鶯の競演に
我を忘れ聴き惚れ
発車寸前のバスに駆けこんだ君が裏山
（裏山＝うらやましいの略）


## わんぱく坊主
朝の霧濃し集落に
黒くなった実が莢から
はじけて種が飛び落ちた
烏野豌豆は別名ぴーぴー豆で
口笛になるという

## 田園都市
日毎(ひごと)お陽様が勢いを
増していく空の下(した)で
南天の白い小花が清々(すがすが)しい
田んぼで稲の穂が含む
「穂含み月」の始まり


## 飾らぬ美
真夏でも涼しい
山麓の脇道沿いで
咲いてる凛とした
清楚な白い山百合(ヤマユリ)の花姿に
ジャンヌダルクを思い浮かべる


## 夏休み
山麓を流れる小川の浅瀬(あさせ)辺に
母子三人はしゃぎながら
男児(おとこのこ)は透明な水に驚き
細枝で底の小石を
恐る恐る突いてた


## 涼夏(すずなつ)にギャー！
爽やかな朝に
雨戸を開けたら
頭上に落ちてきたものは何ぞ？
思いのほか冷えたのか
雨戸裏で寝てた守宮(ヤモリ)だった

## 田園都市
おはよう♪
水色の空に茜さす雲浮かぶ
「穂張り月」の田圃は初々し
伸びゆく青緑の稲穂が
さざめく川の如し

## 灸花
万葉の頃から咲き続けてる
ヘクソカズラの可憐な花の後は
霜焼けやあかぎれにも効くという
燻し金色の実になる

## 夏休みの宿題
空はウロコ雲に覆われ
枝が草臥れ花も萎て
色褪せた朝顔が別れの花姿を‥
さようなら
君の種は大切にしまうよ

## 音楽家
チンチロリン♪
今年も鳴いてる
‥庭で‥チンチロリン♪
ふっと窓のカーテンに目をやると
青松虫がチンチロリン

### 田園都市
棚田の下で川が台風に増水し
黄色くなり始めた稲穂が
雨風に揺さぶられ渦巻いてる
今日から穂刈月(はかりづき)の始まり


### ひと時の楽園
前日まで続いてた秋冷えが
今朝から穏やかな秋晴れに
翌日は台風が来るというのに
庭で嬉々(きき)と飛翔(ひしょう)する揚羽蝶(アゲハチョウ)


### 秘の香
台風が去った
夜の闇にまぎれてどの家に
秋の女神が降臨されたのか
金木犀(キンモクセイ)の甘い香りが
夜風にのって幽(ほの)かに漂う


### 喜びの舞
台風一過の空は天高く
陽の光で朱色に染まった
鳶(トンビ)夫婦が互いに見つめ合い
風に乗って
旋回してる姿は優雅なり

### ゼンマイ仕掛け
窓の外は氷雨(ひさめ)で煙り
見るもの全て水墨画の風景に
庭を闊歩(かっぽ)するジョウビタキの
軽快な動きが静寂を和らげてる


### 石鹸の実
ひと雨ごとに
色変わりする連山(やまやま)を背景に
ヤマガラが埋め隠してた
知佐も落葉で気づくエゴノキ
堅く青白い実はついてるかな


### 黄葉(おうば)舞い散った桜は‥
秋色に染まる連山(やまやま)を背景に
桜から赤子が泣き叫ぶかのように
烈火の如く真っ赤な
葉っぱの赤ちゃんが出てきた♪


### 産卵場所を探し求めて
玄関前で北風に吹き曝(さら)され
震えてる蟷螂(カマキリ)はん♪
暖かく餌もある
裏庭にご案内するから
丸めた新聞紙に乗ってね♪

## 健気(けなげ)
花見にやってきた
冬将軍の冷たい息吹に
錦の連山(やまやま)は朽ちて
桜花(さくら)も蕾から開きかけた
青桃色の花の縁を縮めてる

## 地球は円い
高台から見渡せる限り
南の遥か向こう
水平線上で峻立(しゅんりつ)してる
ブルーグレーの雪壁は
九州に初雪を降らせてるのか

## 冬愉(とうゆ)♪
年の瀬も押し迫り
激寒(げきさむ)を迎えるメジロ達の
冬を凌(しの)げる雨雪避(よ)けを
庭柵(さく)に吊す我の足元で
ジョウビタキがお辞儀を

## 空鏡(そらかがみ)
捨てられず
ドアの後ろで埃かぶってる
うさぎ犬のボールを拭く
我の曇りがちな心も
鏡のように清められたら‥

## 旅立ち

春は百花繚乱の美姫に酔いしれ鳥とともに口ずさむ令日(うららかなひ)

夏は入道雲を過ぎ去った思い出と重ね彼方を仰ぎ見る我

秋の虫の鳴き声もの哀し朱(しゅ)の盃(さかずき)うつる名月に名残り酒を

冬は全てを洗い清める白い悪魔来たりなば心の傷をなめ

いと恋し君は人生の春夏秋冬を経て今、甦ろうとしてる

いざ、ゆかん光の春へ

### 歴代一の勇鳥
メジロの悲鳴で庭みると
追加の糧(かて)も食べ尽くそうとする
鵯(ヒヨドリ)の背中を１羽のメジロが
枝(えだ)上から飛び蹴り追い払った


### 祈 り
冷え込む山麓の
脇道沿いにある氏神様に
守り人が植えたのか
古い祠(ほこら)のそばに雪中花(スイセン)が
甘い香りを漂わせてる


### 歴代一の賢鳥
帰宅時に朝の雪景色は消え
石段あがろうとした我を
出迎えた翡翠(ひすい)色の
美しいメジロが空箱を
突いて糧の催促を


### 冬銀河
古(いにしえ)の人も
煌めく星を見ながら
胸に去来するものは未来か
見えないけど確かに感じる
紺碧(こんぺき)の夜空の彼方にいる我を

### 荒ぶる冬空の下で
メジロが糧を啄み
横の木で白い羽毛を
凍風に靡かせながら
順番待つ雀いとあはれ
陽光さすも洗濯物が凍り大騒ぎ

### 清純な心
山麓の脇道で
小さな紅い花芽たわわにつけた木は
陽春になると白い壺を逆さまに
房状の花を重そうに揺らす
馬酔木

### 萌 動
黒い棒切れと化してた
枝垂れ梅の古木に
春の女神が目覚めよ
光る風を渡らせると
緑を帯びてきた枝に黒紅色の芽

### 枝垂れ梅
黒紅色の芽が
濃桃色の花びらとなり
春霞の空と光る風にたゆたう
梅美姫は揺れ動く君の心
どこにいても幸せ祈る

## 催花雨
八重に咲き誇る純白の花桃と
白い椿の樹上で
鶯が愛をさえずり
小雨模様の夕暮れ時に
空から燕の鳴き声ビリビリ


## あなたのとりこ
寒い時に咲いた八重の白桃は
暖かくなる毎に
衣を1枚ずつ風に飛ばす
今、同じ木から
一重の紅桃が咲き始めた


## 忍び寄る五月
葉桜の樹上に
星またたく夜空の下で
暗闇の中を帰路につく我は
若葉の薫りたゆたう
涼風を送る山の神々に心和む


## 宇宙の指輪
曇り空で
見られなかった金環日蝕を
GREE でしか会えない君と
三百年後は一緒に肩を並べ観察♪
金環はめて

## こどもの日
棚田の上にある白壁(しろかべ)の古民家から
雲ひとつない水色の空へ
飛龍(とぶりゅう)の如く
五月のまばゆい光と
風にたゆたう鯉のぼり


## 未 来
都会からきた男の子は
清涼な水に驚き
円(つぶ)らな瞳が捉えようとしてるのは
水面(みなも)に映る青空の遥か向こう
未来か‥


## さらば！五月の風♪
網戸から蜂蜜のような甘い
薫風(かおり)が部屋中を漂わせてる
白い小花(はな)プリペットの
語源はプライバシーで
花言葉は寛(くつろ)ぎ


## 多聞丸(たもんまる)
萌えいづる新緑に
山吹色の新芽ついた楠(クスノキ)の山を背景に
真っ黄色い藤の花房が
風にそよぐ姿は
舞妓の挿す簪(かんざし)の如し

### 水無月の霊峰
雨あがり夕暮れ時に
灰色の雨雲とその上に湧き上がる
白い雲が山の稜線(りょうせん)沿いに
万里の長城の如くそびえ立ってる

### 火照之媛神(ほてるのひめかみ)
川辺で奏でる雅楽が静まり
川瀬せせらぐ水面(みなも)から
木立にゆ〜ら揺らめく
蛍火の下でカジカ鳴く声は
口笛の如し

### 星垂之媛神(ほしたるのひめかみ)
ぬかるむ山道を登り
森の樹木(きぎ)が月光(つきのひかり)を遮り
渓流せせらぐ漆黒の森の中で
見上げれば流れ星の如く
乱れ飛ぶ火垂(ほた)る

### 甘十薬(かんじゅうやく)
坂道沿いに
白い花たわわ咲いてる君が
高名なドクダミだったのか
天ぷらにして食べられるので
摘もうかな迷い中

### 仏陀の血
樹木が鬱蒼と繁茂した
小高い土手を背景に
深紅のカンナが艶やか目を惹く
駅ホームのベンチにも
手製の座布団


### 日本桜の原種
白い陽光の
眩しい夏の光を浴びて
常緑樹であるこの桜は
花を咲かす準備に前年の葉を
朽ちた色に染め散らしてる


### 思 慕
濃桃色の花穂を
沢山つけた花が翌日には
螺旋状にもじれ＝ねじれてた
可憐で小さなモジズリは
古代からの贈り物


### 真夏の夕暮れ
石段を舞い上がり
ブルーベリーの葉上で
羽を休めてた黒アゲハが
一夜の宿を求めるかのように
水やる我にまとう

## 忍び寄る秋
青空へ伸びやかにそよいでた
ピンクのサルスベリの花穂が
昼過ぎからの雨で
重く垂れてる姿は
多頭龍の眠る如し

## 狐の松明
橋の下にある棚田で
雨に打たれて頭を垂れてる
黄金色の稲穂の陰から
浮かび上がる彼岸花の赤は
対極的な妖艶美

## 生への執着
前日からの嵐に
軒下で咲いてる
名も知らぬ雑草の黄色い花に
羽を堅く閉じ細い脚で
しがみついてる小さき蝶

## 愛でたい桜
落葉した桜の枝上で
木洩れ陽を浴びて膨らんできてる
緑色の芽は花芽かな？
年末年始に
花姿が見られますように

## 武庫川(むこがわ)
夕陽を浴びて
飴色(あめ)にさざめいてる
大河の先に未来があるのか
川風に吹かれながら
想いに耽(ふけ)る


## 異次元
雨の夕暮れ大きな川畔(かわのほとり)を
5羽の鳩が横一直線に
歩いてる光景は
猿の惑星ならぬ鳩の惑星を
見てるかのようだった


## 可愛いパートナー
早朝(あさ)の大河で太公望(つりびと)の足元で
正座の飼い犬が首に巻いてる
真っ赤なスカーフを
川風に靡(なび)かせながら
空を睨(にら)んでる


## 鎮 魂
灰色の曇り空に
銀杏(イチョウ)で黄色く染まる
大河近くの公園は川風の悪戯で
家鴨(アヒル)の水かきの如く
黄葉(おうば)がザワザワ蠢(うごめ)いてた

## 秋　隠(あきがくれ)
バス停の後ろの土手で
ススキの群落(ぐんらく)と
赤トンボたゆたう姿が
今はなく刈り取られて
藁草(わらくさ)の香りだけが秋の名残り


## 黄色い妖精
折り重なるように
連なってる山の中腹に
何の木か１本しかない
黄色い木が微笑みながら
手を振る姿に笑み零(こぼ)れる


## 憩い♪
秋の虫達の鳴き声する庭で
小さなお茶の木に花芽(はなめ)たわわ
純白の花が咲き誇る頃に
ジョウビタキが帰ってくる♪


## 不思議な時空間
毎晩ジュピターが
ひときわ輝いてる夜空を
掌に収まる携帯で
一緒に遊んでる見知らぬ友も
何処(どこ)かの地で眺めてる

## 錦繍(きんしゅう)の里に
おはよう☁
十一月になるというのに
台風がやってくる
荒ぶる風の神よ！
穏やかに鎮めて紅葉(もみじ)狩りを‥


## 逃げろ！
暴風雨の止んだ僅(わず)かな時間に
神様は生き者たちを台風から
避難させようと西の連山(やまやま)に
大きな虹の橋を架け渡した


## 台風からの避難客
暴風雨で閉めてた
雨戸の裏に潜(もぐ)り込み
硝子窓にしがみつくヤモリの
５本指がハートを思わせる
ピンク色で可愛い


## メジロの帰還
落葉(らくよう)の山から
庭に戻ってきたメジロが
生垣の中で隠れてる３羽に
「冬はココで過ごすんだよ！」
嘴(くちばし)で台を突つく

## わが輩はお茶である
錦の連山(やまやま)を背景に
純白の茶花(おちゃのはな)みえる窓の前で
四十雀(シジュウカラ)が横切った♪
ジョウビタキも横切り
お辞儀しながら庭を闊歩(かっぽ)

## 落ち葉
山麓の脇道ハラハラ
散り積もる落ち葉掃く
老婦人の姿の今年なき道に
色とりどりの落ち葉が
絨毯の如くザクザク

## 強い意志
国道沿いにある
民家の石積みの上で
艶(つや)やかな緑葉(みどりのは)に
赤・白・桃色の山茶花(サザンカ)の生垣が
冬枯れの風景に華を添えてる

## Winter Time
おはよう♪朝が来る度に
夜明けが遅くなってきてる
薄暗さが増していくと
起きられそうにない
冬時間を実感

### 冬麗ら 柊 南天
### （ふゆうら ひいらぎなんてん）
鋭いギザギザ葉の上で
天に向かって逆立ちしてる
黄龍（きりゅう）の尻尾の如く
枝先までたわわ黄色い花穂（はなほ）に
蜜蜂が訪れてる


### チャームポイント
桃の枝（えだ）上で冬の光を浴びて
青色に照かってる四十雀（シジュウカラ）の
黄色い羽毛が見え隠れしてる
背中が可愛いくて一番好き ❤


### 再生へ
昨日までの悲しみや怒りは
落ち葉と共に去りぬ
凍（い）てつく冬に喜びを
花芽（はなめ）を宿したアーモンドの木を
君に🐾


### 雪のないクリスマス
朝焼けの美しい山間（やまあい）で
クリスマスホーリーの
赤い実を目印に
サンタさんは水色の空に
ソリを走らせるも進まない

エピローグ

冬と春が同居している空の下で
「今 燕の鳴き声が聞こえたよ！」
聞こえない我に教えてくれてる音の伝繋は
『うさぎ犬』ことヴォーンが十九年という
長い年月を一緒に積み重ねていきながら
いつしか家人を調教し身につけさせた習慣

夏の残滓ある夜の庭を眺めてたヴォーンは
　視線を落とした姿勢で振り向き
片耳を立ててピクピク教えようと合図を‥
すかさずキャッチした家人は耳をそばだてて
「あっ、秋の虫が鳴いているよ！」
聞こえてない我にも伝繋されたり‥

鼻をピクピク上向きながら台所へ走るヴォーンは
　家人にも追っかけ走らせたり‥

刻々と移ろいゆく季節のリズムよと
どこからか漂ってくる四季折々の香り
身を持って伝繋にくれてたヴォーンと過ごした
十九年間は かけがえのない至福の時間だった

ヴォーンなき今、家人が気づいた時ぐらい
季節のリズムが分からなくなってきてるけれど‥
　かつて教えてくれてた時の風景から
　　　想像できるように‥‥

ヴォーンと過ごした日々に戻ったかのように‥‥

　　　　　　　　　　　　でんけい　つな
　　　　　　　　　　　伝繋＝伝え繋ぐこと

### 食いしん坊ちゃん
残り雪の早朝
メジロからの合図で
窓から庭をみたら
ヒヨドリが糧を独占せんと
箱の入り口に止まってた
こらっ！

### 暖かい‥
連山の谷間に残ってた雪も消え
朝の光で霜が溶けた屋根の上で
ホオジロ一家が一列に並んで
フワカワ甲羅干し♪

### 心の美
桜を愛でてると
メジロ夫婦が飛んできて
目の前で枝を握って懸垂・
車輪しながら花蜜吸う
お尻丸出し姿が可愛い

### 唯一無二の一瞬
月が冴える紺碧色の夜空が
刻々と白みを帯び始めていく
僅かな時間のみ朝と夜が出会う
スモーキーブルーの空

### 春寒(はるさむ)
淡桃色(あわもも)に褪せても
桜かと見紛(みまご)う枝垂(しだ)れ梅美姫に
鶯の清らかな鳴き声が
屋根も吐息(こいき)も真白い
曙光(あけぼの)の集落に響き渡る


### 光の悪戯
冬と春が同居してる空に
メジロが垣根に止まり
背伸びしたまま羽を
少し広げた後ろ姿が
逆光でペンギンに見えた


### 魅惑の梅
道行く人を振り返らせてた
枝垂(しだ)れ梅は枝が短くなっても
尚、匂(にほ)ひたつ濃桃色(こいもも)の艶姿(あですがた)が
遠くから人を惹き寄せてる


### ラブコール♪
白梅が咲き誇る山麓の
脇道を抜け池畔(いけのほとり)で
求愛を歌う鶯(ウグイス)の艶やかな美声と
未熟な鳴き声どちらに靡(なび)くか
いとをかし

## 春の舞姫
段々畑の上で
黒瓦と白壁(しろかべ)ノスタルジックな
古民家の石垣を越えて
春の光にたゆたう
濃紅色(こいべに)の梅花(うめ)が青空に映える


## 春 波(はる なみ)
雨上がり曇り空から薄陽さす
肌寒い朝に花蜜吸うメジロで
満開の枝垂(しだ)れ梅が
濃桃色(こいもも)に波打つ艶姿(あですがた)ながめ
遅刻寸前


## 梅花絨毯
道行く人を振り返らせてる
枝垂(しだ)れ梅美姫(うめびひめ)は
昨日からの雨で
花びらヒラヒラ舞い散らし
路上が淡桃色(あわもも)に染まりゆく


## 慈 雨(いつくしみのあめ)
雨雲に覆われた
連山(やまやま)の樹木の若葉(き)や
百花繚乱の花々の
カラーコントラストや薫る風が
ほっこりした心に染み渡る

### 木花咲耶姫(このはなさくやひめ)
桜吹雪が山の頂(いただき)へ誘(いざな)う
両手を上げてる幼子も見えるのか
桜の精に抱き上げてもらった
かのように笑顔はじけて

### 葛城八幡の風(かつらぎはちまん)
山から紫の藤花かぐはしき
甘く冷涼な風が
舞妓の挿(ふ)してる簪(かんざし)さながら
庭の黄色い藤の花房を
麗(うるわ)しくそよがしてる

### 春風雅楽(はるかぜ が がく)
涼風(すずかぜ)通り抜ける部屋に
近くの雑木林から
鶯の綺麗な鳴き声が
遠くの山から
別の鶯も歌い返してる
命ほとばしる春

### 守宮(ヤモリ)
部屋灯りで窓に姿みせる
ヤモリは彼(か)の国では
赤ん坊が生まれた時に
ヤモリが鳴くと
その子は幸せになれるという

### 似て非なる‥
雨で墨絵の中に優しい色合いの
黄花藤(きばなふじ)の花房が三度豆となり
沢山ぶら下がってる姿は美味しそう
種で食べられず

### 葛城八幡(かつらぎはちまん)の山里
雨雲が東へ去り
青空で賑やかだった小鳥の鳴き声が
西から新たな雨雲で静まり
水墨の風景に
鶯(ウグイス)が切なく鳴いてる

### 滅 紫(めっし)
真夏の太陽でうなだれてた
紫陽花が台風の雨で
重い花塊(はなかたまり)を誇らし気にあげ
色褪せても貝紫(かいむらさき)の如く
高貴な色となり

### 梅雨ひとやすみ
おはよう✿ 昨日まで雨で
静かだった集落が
雨雲ぬけた青空と共に
一斉に鳴きだした小鳥達の
歓喜の歌声で賑やか

### 紫黙香(むらさきもっこう)
ラベンダーを散髪したら
体長1cmの儚い身体が
闘うポーズで現れた蟷螂(カマキリ)に御免！
新しい家へ引越手伝いましょか


### 夏の田園
奥に座してる連山(やまやま)の
樹木(き)の緑と短き青稲(あおいね)が
夏の光でヴェルヴェットの絨毯を
敷き詰めてるが如く
苔緑色(こけみどり)の風景に


### 飴細工
大きな桜の根元から
蝉の幼虫が這い上がり
賑やかに音楽を奏でて
飛び去った葉裏に輝く
金色の抜け殻を残して


### 光かおる夏
就活研修でバス停へ向かう
緑地帯に枝先まで咲き溢(あふ)れる
白い小花(はな)から百花蜜(ひゃっかみつ)の如く
匂うアベリアの花言葉は強運

### 優しい思い出
坂道を駆け下りた所で
農家のおばあさんから貰った
白いマーガレットを
角(かど)の古い祠(ほこら)にお供えして
駅へひとっ走り


### 心に秘めた愛
マーガレットの花言葉は恋占い
好き嫌い１枚ずつ
花びらを夏空に飛ばして
最後の花びらは好き！
真実の愛成就


### 向日葵(ひまわり)
六月の花嫁に
密かな想い込めた花束を
驚いた君は大好きな花だと
バージンロードに捧げ持つ
優しさに幸福(しあわせ)願う


### 初 秋(はつ あき)
夏の陽射しに暑さ残る
都会で行き交う雑踏の垣間見えに
見つけた小さな秋を
街路樹の根元で
秋桜(コスモス)が風にそよぐ♪

## 粒粒辛苦(つぶつぶしんく)
水色の空から
陽の光で黄金色(こがね)に輝く
稲穂が今だに横たわり
田圃(たんぼ)の老主(あるじ)はどうされてるのか
時は無情に流れていく


## 我思う故に我あり
黄金色の稲穂が
刈りとられた田圃の畦道(あぜみち)に
曼珠沙華の赤い花も消え
土堤(どて)で背高泡立草の
黄色い花が風にそよぐ♪


## 秋霖(しゅうりん)の下で
万葉集で臭いと詠まれし
ヘクソカズラが緑の香で
垣根に絡む可憐な花姿は
秋には燻(いぶ)し金の実となり
紋付鳥(ジョウビタキ)の御飯


## 秋の恵み
鯖雲が泳いでる水色の空の下で
山麓にある古い祠の周りに
誰が食べたのか実のない
イガ栗が散らばってた(笑)

### 朝焼け
波打つ橙色の雲の下(した)で
ピリピリ朝餉(あさげ)を啄(ついば)む旅燕(ツバメ)の
群れが飛び去った空は
白い水玉模様も流れ薄らぎ
ライトブルー


### 優美と純潔
幾つかの丘を巡るバス窓外で
主なき庭のラティスの隙間から
秋桜(コスモス)が顔を出して手を振る如く
秋風にそよいでる♪


### 赤 黄(あか き)
丘を越え次の丘へ上がるバスの
眼下に稲穂が刈り取られた
田圃の畦道で侘(わび)しく佇(たたず)む老木が
柿の実たわわ天に捧ぐ


### スクリーン
山を切り開いた道を走る
バス窓から緑豊かな連山(やまやま)と
眼下にひしめく街が見渡せ
座れば青空に風が様々な雲を描く

## 桂花風(けいかのかぜ)
甘い香りを風にのせ
連山(やまやま)の谷間を縫うように
湧きあがる白い水蒸気が
雲となり空高く舞い上がる
姿は白龍の如し


## 狂い咲き
十月の初め白龍に
吹き飛ばされた金木犀(キンモクセイ)が
再び秋晴れの青空に
陽の光で橙色に光り輝き
甘い香りを漂わせてる


## 山粧う(よそう)
薄暗い朝に
色鮮やかな赤・黄・橙色に
衣更えした連山(やまやま)の樹木(きぎ)が
暖かい色合いで
寒々しい風景の集落を照らしてる


## 君は誰？
二階の窓から見える
１本しかない真っ黄色い葉の
妖精が手を振る木は何の木か？
隣町まで続く山を登りみて発見

### 紅染風(あかきそめかぜ)

山麓で真っ赤に彩られた
小道に心浮き立ち
ハラハラ頭上に降りかかる
紅葉(もみじ)が風に乗って
どこまでもついてくる🍁


### 柿日和　杉尾(すぎお)へ♪

あの世の音が聞こえる
と云われる巨石と
雄大な渓谷を有する
山の斜面に柿の実たわわ
徒歩6時間弱で駅に到着♪


### ふるさとまつり

くねくね曲がり歩く峠道の頂で
赤い鳥居をくぐり抜けると
杉林に囲まれ
ひっそり祀られてる大神は
腰痛の神様


### 山眠る

雨あがりの朝に
霧深き山から庭に下りてきた
親メジロが
冬は此処(ここ)で命を繋(つな)ぎなさいと
電線(でんせん)上にいる子2羽を誘う

### 初めての冬
冷んやりした空気に
垣根の上で
ふっくらスズメ達が並んで
朝の光を浴びながら囀(さえず)っている
初々しいスズメもいる

### 嗜好(しこう)の違い？
プリペットの黒い実を
啄(ついば)んでたジョウビタキが
根元に下がり
譲ってもらったメジロは
見てるだけで飛び去った

### 冬温(ぬく)い
枯れ枝の中で
顔を羽毛に埋もれたまま
午睡(ひるね)とるメジロ夫婦が
天敵に襲われないように
硝子越しで見張るうさぎ犬

### 日本全国を走る友へ
渡り鳥が故郷(ふるさと)に帰ろうと
北極星を目指してるように
友も家路に帰りつこうとしてる
星に無事を祈る

### 行者おろし
冬将軍去りし
元旦の山は枯れ山水画の如し
賑わう段々畑で
親が子達に凧揚げ教えるも
風は容赦なく凧叩き落とす

### 小寒の虹
小雨模様の夕方ほんのり
湯浴み帰りバスの窓外みれば
山の稜線と雨雲の間で浮かぶ
七色の虹に明日への希望もつ

### 小雪舞い散る‥
青い空と白い集落の
石段横で動けない
オンブバッタを陽の当たる
蔦の隙間に移してあげたが
天命いつまでか哀し

### 暖かい大寒
小鳥が飛びまわる
暖冬の里に冬将軍あらわれ
夕闇でも糧を啄みつつ
居眠りしてるメジロよ！
吹雪あたらない塒へ

### 二月の空はびっくり箱♪
皆既月蝕を眺めた
翌朝は空も連山(やまやま)も集落も
見渡す限り真っ白で
ヒヨドリがメジロ達の居場所に
押し入り糧を啄む


### 雪雲の間から
春の光さす庭の枝(え)上(だ)で
糧を啄むメジロ夫婦に
ヒガラの群れ賑やか
雀が種子(たね)を拾い
アカハラも枯れ葉を舞い散らす


### 優 然(ゆう ねん)
小春日和から真冬に逆戻り
山々が吹雪き
最愛なる優然なき集落に
雪の華を激しく舞い散らす
哀しみが慟哭(どうこく)の如し


### 散りゆく梅美姫(うめ び ひめ)
道行く人を振り返らせてる
枝(し)垂(だ)れ梅の艶(あで)やかな濃桃色(こいもも)の
八重の花びらが冬の寒さで
枝につけたまま色褪せてゆく

## 梅花節
淡曇(うすくも)りの風景に映え
枝に連なる濃桃色の花かぐはしき
艶姿(あですがた)から匂ひたつ梅美姫(うめびひめ)は
神武(じんむ)が国を造られし日を祝福す


## 鶯の初鳴き
丘を下り池の周りで
暖かい陽光(ひのひかり)が注ぐも
凍土(とうど)と化してる林の中から
鶯がホーホー‥キョ
とちりながら春を告げる


## 春の幽花
白い八重の花桃ちりゆく
桃の木から芽吹いた
一重の桃色の花びらが
麗(うら)らかな春の光で
舞妓の頬紅(べにもも)の如く紅桃色に


## 愛の神託(じんたく)
華美(はなやか)な薔薇(ばら)より
踏まれても野に咲く
花のような女性になりなさい
母と乳母の言葉を思い出す
ダンディーライオン

### 公園のベンチで
幼子と母親に咲き零れる
桜花が陽光やわらげ
一片の花びら散らすと
お結び高く差し上げる
幼子の瞳に桜色の空


### 山の神に祈る
初夏の陽気で
桜ん坊の花が笑う日から
野に帰ったのか
庭に姿を見なくなった
雀とメジロに幸いあれと
再会を願う


### 葛城八幡の空
おはよう✿
桜花がチラホラ見えてる
若葉の香り豊かな連山を背景に
悠々自適に泳ぐ鯉のぼりが
青空に映えてる 🎏


### 風の魔術師
出勤バス窓から
スクリーン代わりに水色の空を眺めれば
刷毛で描いたような白い雲が
三日月の形で浮かんでたよ

**虚栄心(みえっぱり)**
梅雨空の都会で
信号待ちしてる人達よ！
歩道と車道の段差で咲いてる
濃桃色(こいもも)が美しいユリの花に
気づいて‥


**押忍(おす)っ！**
おはよう♪
霧に包まれた集落で
３cmほどのカマキリが
門柱(もんばしら)の上でガッツポーズ！
君は生まれながらのファイター


**ブラザーサンシスタームーン**
盆明けの空に
東の山から昇りゆく赤い太陽と
西の山に沈みゆく白い月が
「おはよう♪」と見合ってる
真夏の正夢


**時は疾風(はやて)の如く**
台風一過の空は澄(す)み渡り
爽(さわ)やか風ふく緋(ひ)色の夕空に
桜の木でツクツク法師が鳴けば
生垣から蟋蟀(キリギリス)もギースチョン

### 葛城八幡の月
奥深い山あいの
広い田圃で頭(こうべ)を垂れて
収穫を待つ稲穂に
十五夜の月が山と山の間に
姿あらわし神々しく照らす


### 育て上手？
農家さんに譲り受けた
春に瑞々しい若葉と
秋に色鮮やかな赤(あ)黄(か)葉(き)となる
早生富有柿は八年経過したのに
実らない


### 満愁月(まんしゅうげつ)
今宵も秋の虫の鳴き声を
子守唄にスヤスヤ寝顔の君を
照らす月のまばゆい光に
我ひとり寝転びながら
明日を憂(う)う


### 冬へ
天高く馬肥ゆる秋の空で
峠の駅の線路沿いを走る
列車にハラハラ降りかかる
赤(あか)黄(き)橙(だい)色の桜(さく)葉(ら)は
去りゆく秋の足音

## 流転輪廻(るてんりんね)
友から三石山に
登るとのメール読み
小雨模様の集落を囲む
赤黄色へ色づく連山のどの辺(あたり)が
長藪(ながやぶ)城跡か思い馳せる


## 立 冬
水色の空から降りそそぐ
春のような陽光(ひのひかり)に
庇(ひさし)の上で青と橙色の美しい
イソヒヨドリ２羽も
顔を見合わせ戸惑い顔


## 凩(こがらし)
季節の変わり目を
告げる雷が白光(ひかり)を放ち
土砂降り去った庭で
雨の慈悲にお辞儀しながら
糧を探し啄む白い紋付(もんつき)鳥


## 終(つい)の旅へ
薄れゆく意識の垣間に
君が記憶に留めたい人は誰？
山に架かる虹の天辺(てっぺん)から
言霊(ことだま)かえらず‥
見つめてる君を想ふ

## 生命(いのち)の源(すす)
冬枯れ煤けた高山が
朗らか朝陽で
赤朽葉色(あかくちば)に浮かび上がる姿さながら
森の土を梳(す)きこむ宇津田姫(うつたひめ)は
大地の守り神


## 森の脇から授かった杖
蛇が巻いてる木さながら
蔦が絡んで同化した珍しい木を
思ひ出のよすがに
杖の必要な歳になるまで
大切にするよ


平成二十八年 閏(うるう)日
## 春一瞬
濃桃色の枝垂れ梅が
氷雨にそよがされ
四十雀(シジュウカラ)は枯れ葉を舞い散らし
メジロ夫婦の食事中に
鶯が割り込みパクパク


## 冬一瞬
小雪舞う夜道を急ぎ
帰り就いた我が家の
玄関ポーチで見上げたら
燕の空巣に可愛い小鳥が
羽毛膨らませ夢の中へ

### 慕 情
花屋で色とりどりの紫陽花(アジサイ)の中で
うさぎ犬のミニ毛布を思わせる
ピンク色の紫陽花の名前は
ウェディングブーケ


### 春の使者
裏庭から香り漂う窓辺に佇んで
春紫苑(はるしおん)の訪れを
鼻ピクピク知らせてくれる
うさぎ犬が今はなき
花言葉は追想(ついそう)の愛


### 滅びゆく温もり
冬晴れに微睡(まどろ)んでたうさぎ犬が
我の呼びかけで一度は甦った
喜びも束の間また腕の中で
静かに消えていく命の灯(ともしび)


火葬車が来るまで胸に抱きしめ
死後の顔を写メした画像を見ると
19年間幸せだったのか
うさぎ犬が微笑んでた

## 『綾羅錦繡』に寄せて

左子真由美

詩人・田井千尋の紡ぎ出すことばは、かそけき自然の移り変わりを全身で感受し、日本の四季の美しさを繊細に謳いあげる。日本の伝統的なことばと現代のことばの美しい融合がここにあり、それらは瑞々しいゆえに何度読んでも新しい。

語られている鳥や虫、とりわけ長年飼っていた愛犬（うさぎ犬）など、小さきものの生命への愛おしみ──詩はいつしか祈りとして此の世を超えてゆく。私は田井さんに現代の巫女の姿を見た。

田井 千尋（たい ちひろ）

和歌山県在住。
「関西詩人協会」所属。

2010年から諷（うた）い上げた400余りの詩を編纂した『綾羅錦綉』は花鳥風月を縦糸に、四季折々の移り変わりを横糸に、そして、生きとし生ける者の感情装飾を斜糸にして繰り返し織り成された物語です。

この度、竹林館様より出版の運びとなり、心より感謝申し上げます。

## 綾羅錦綉（あやらきんしゅう）

100部限定の内　第 **7 1** 番

令和元年6月24日　第1刷発行
著　者　田井千尋
発行人　左子真由美
発行所　㈱竹林館
〒530-0044　大阪市北区東天満2-9-4　千代田ビル東館7階FG
Tel　06-4801-6111　Fax　06-4801-6112
郵便振替　00980-9-44593　URL http://www.chikurinkan.co.jp
印刷・製本　㈱太洋社
〒501-0431　岐阜県本巣郡北方町北方148-1

© Tai Chihiro　2019 Printed in Japan
ISBN978-4-86000-409-5　C0092

定価はカバーに表示しています。落丁・乱丁はお取り替えいたします。

毛布をかぶったヴォーン
19歳